CHARLES X

OU LA

LEÇON AU ROI TYRAN,

PARODIE HÉROÏ-COMIQUE

EN UN ACTE, A GRAND SPECTACLE, EN DEUX TABLEAUX.

PAR M. GRANIER.

VENDU AU BÉNÉFICE DES FAMILLES DES VICTIMES
MORTES MARTYRES POUR LA LIBERTÉ,
DANS LES MÉMORABLES JOURNÉES DES 27, 28 ET 29 JUILLET,
AN 1830.

LYON,

IMPRIMERIE ANDRÉ IDT, RUE ST-DOMINIQUE, N. 13.

1830.

PERSONNAGES.

CHARLES X, Roi de France et de Navarre.

POLIGNAC, premier Ministre, favori de Charles X.

Le GRAND AUMONIER du royaume, chef des Jésuites.

Le CONFESSEUR du Roi Charles X : Jésuite.

CHABROL, Ministre des Finances.

CHANTELAUZE, Ministre de la Justice.

CORPS DE LA NOBLESSE.

CORPS DU CLERGÉ.

MARMONT, Maréchal de France, traître à la patrie.

Le Duc D'ANGOULÊME, Dauphin de France.

MONTBEL, Ministre.

D'HAUSSEZ, Ministre de la Marine.

PEYRONNET, Ministre de l'Intérieur.

ÉTAT-MAJOR en corps.

Une Estafette au Roi Charles X.

La DUCHESSE d'ANGOULÊME.

La DUCHESSE de BERRI et ses deux enfans.

Un Représentant du peuple Français.

Corps du peuple, élèves de l'École Polytechnique, et Garde Nationale de Paris.

Le Duc D'ORLÉANS, soutenu par la France et la Liberté, accompagné d'un peuple en foule et d'un corps de musique nationale.

LA LEÇON AU ROI TYRAN,

PARODIE HÉROÏ-COMIQUE.

PREMIER TABLEAU.

Le Théâtre représente une salle à manger, élégamment décorée et meublée. Dans le fond sont deux portes latérales. Au milieu du Théâtre est placée une table servie avec profusion. Au lever du rideau, on voit le Roi à table, seul, et son ministre favori Polignac, assis à son côté. Celui-ci paraît s'entretenir avec le Roi.

SCENE PREMIÈRE.

LE ROI.

Mon cher ami Polignac, ô toi qui es mon soutien et le plus ferme appui de mon trône, je ne te cacherai pas le trouble que j'éprouve, surtout lorsque je pense au décret que j'ai signé concernant la suppression de la liberté de la presse, la dissolution des Chambres et le renvoi des Députés nommés par les départemens ; ces hommes dévoués aux intérêts du peuple francais, mandataires de la nation et défenseurs de leurs libertés.

POLIGNAC.

Sire, soyez tranquille, je me fais fort de dissiper l'orage. Cette mesure de rigueur était nécessaire. C'est-là votre plus beau triomphe. Par cette action hardie votre gloire est devenue immortelle ; vous êtes maintenant l'arbitre des plus secrètes pensées de la nation, ainsi que de ce lâche peuple français qui, plus il sera opprimé, et mieux il sera gouverné. N'avez-vous pas d'ailleurs pour vous le Clergé et la

(4)

Noblesse qui soutiennent votre cause et ne craignent point quelques roturiers et ce vil peuple. Encore un instant, et vous jugerez de mes sentimens.

AIR *du Petit Matelot.*

Livrez-vous, sire, à l'allégresse,
Vous êtes chéri des Français.
Mangez de ces chapons de Bresse,
Le trône est à vous pour jamais ;
Cette sauce est délicieuse,
L'esprit national est divin ;
Croyez que la France est heureuse
Quand vous avez le ventre plein.   (*bis*)

SCÈNE II.

Au même instant l'on voit entrer le grand Aumônier du Roi, jésuite, accompagné du Confesseur de Charles **X**, qui, après le salut d'usage, s'adressent à Sa Majesté.

LE GRAND AUMÔNIER.

AIR : *O Filii et Filiæ.*

Sire, que j'aime à vous voir là,
Manger par-ci, boire par-là ;
Le Saint-Père approuve cela.
Alleluia.   (*bis*)

LE ROI.

Ah ! mes meilleurs amis, permettez que je vous embrasse et que je vous fasse part de mes projets. (*Ils s'embrassent à ces mots avec effusion de cœur et d'ame.*)

Air : *Femmes, voulez-vous éprouver.*

Oui, mais pour le bien de l'État
Il me reste une chose à faire.

LE CONFESSEUR (*au Roi*).

Sire, j'aurais une grâce à vous demander, qui vous ferait gagner le ciel et les indulgences de Sa Sainteté.

LE ROI.

Quelle est cette grâce ? Ah ! parlez, ministre divin, je n'ai rien à vous refuser, et surtout pour gagner le ciel et les bontés du Saint-Père.

LE CONFESSEUR.

Du Clergé relever l'éclat,
Et surtout doubler son salaire.

LE ROI.

Mes amis, je vous entends, mais je ne puis dans ce moment vous satisfaire ; veuillez me prêter attention un instant,
et vous connaîtrez mon sentiment.

Air *des Visitandines.*

Non, Messieurs, vous n'y êtes pas,
Il s'agit bien d'une autre affaire ;
Il faut savoir, dans tous les cas,
Prévoir un destin peu prospère :
S'il fallait décamper encor
Par le revers le plus funeste,
Vite, qu'on amasse de l'or,
Et puis nous penserons au reste.

SCENE III.

Au même instant l'on voit entrer les Ministres Chabrol, Chantelauze,
d'Haussez et Peyronnet. Après le salut d'usage, ils s'adressent au Roi.

CHABROL (*au Roi*).

Sire, que nous sommes heureux en ce moment, nous ve-
nons pour vous en faire notre compliment, daignez m'écouter
un instant.

LE ROI.

Chers amis, j'y consens.

CHABROL.

Air : *J'ai vu partout dans mes voyages.*

Le Roi ne connaît plus d'obstacles,
C'est Polignac qui guide ses pas.

CHANTELAUZE.

Avec l'or, source des richesses,
Des Chambres que ne fait-on pas ?
L'une à se donner s'empresse,
De l'autre on chasse les Députés.
Et nous pouvons avec adresse
Mettre la Charte de côté.   (*bis.*)

SCENE IV.

L'on voit entrer les Corps de la Noblesse et du Clergé, qui, après le salut d'usage, s'adressent au Roi en ces termes :

LA NOBLESSE.

Air : *Amis, bannissons la tristesse.*

Chers amis, bannissons la tristesse,
Maintenant nous triomphons ;
A nous seuls honneurs et richesse .
Vivent, vivent les Bourbons.   (*bis*)

LE ROI.

Oui, mes enfans, vous êtes les dignes soutiens de mon trône. Je vous le promets, vous serez tous heureux, car désormais toutes les faveurs et emplois du royaume seront pour vous seuls. Écoutez mes projets :

Air : *Veillons au salut de l'empire.*

Puisque tout ici me rassure,
Je veux reprendre tous mes droits.
Désormais, Messieurs, je le jure,
A tous je dicterai des lois.
Compagnons, compagnons,
Accourez, que la foudre parte ;
Plutôt la mort que cette Charte !
C'est la devise des Bourbons.   (*bis*)

LE CORPS DU CLERGÉ.

Ah ! Sire, permettez-nous de vous exprimer les sentimens d'estime et de l'entier dévouement de nos cœurs pour vous. Oui, oui, nous jurons de vous soutenir et d'excommunier quiconque chercherait à nuire à vos bons procédés, aussi savamment combinés.

Air : *du premier pas.*

Vive le Roi,
Mais vive l'abondance ;
Mangeons, buvons, surtout faisons la loi.
Vivons gaîment aux dépens de la France,
On doublera nos biens en conséquence.
Vive le Roi.   (*bis.*)

SCÈNE V.

On voit entrer le traître Marmont, tout couvert de sueur, de sang, de poussière, et ses vêtemens en lambeaux. Il s'adresse au Roi, tout essoufflé.

MARMONT.

Sire, tout est perdu, il n'y a plus d'espoir ; je me suis échappé comme par miracle des griffes de ces furieux ; ce ne sont pas des hommes que j'ai combattus, ce sont des démons sortis de l'enfer pour nous exterminer.

Air : *Avec les jeux dans le village.*

Hélas ! hélas ! quel contre-tems !
Fut-il jamais plus foudroyant.

LE ROI (*étonné et tremblant*).

Même Air.

Ah ! parlez, maréchal d'honneur,
Qui peut causer votre douleur ?

SCÈNE VI.

On voit paroître le Duc d'Angoulême.

D'ANGOULÊME (*à Marmont*).

Comment se peut-il, vous qui étiez invincible, que nous ayons été battus ? Notre brave Garde royale et les Suisses ne vous ont donc pas secondé ? Cependant nous les avions bien chèrement payés, pour qu'ils nous servissent avec fidélité.

MARMONT.

Pardonnez-moi, prince, ils ont fait tous leurs efforts ; mais la Garde royale et les Suisses ont presque tous été égorgés par une populace effrénée ; en combattant vaillamment, une faible partie a eu de la peine à s'échapper de leurs griffes ; car c'étaient des diables et non pas des hommes, qui, au cri de la Liberté, étaient devenus des forcenés.

D'ANGOULÊME.

Maréchal, ne pourrions-nous pas disperser, avec les troupes que nous avons, cette rébellion. Venez, que nous les mitraillons de nouveau.

MARMONT.

Prince, je ne connais plus aucun moyen de défense, tous nos efforts seraient vains.

LE ROI.

Ah ! quel malheur pour notre dynastie capétienne, j'en perdrai la tête.

MARMONT.

Sire, j'en suis fâché, mais je ne sais qu'y faire.

POLIGNAC *s'écrie en pleurant :*

Grand Dieu ! et vous, saint Louis ! prêtez-nous vos bras et vos épées flamboyantes, pour que nous exterminions cette canaille de populace effrénée et cette exécrable population.

LE ROI.

Air : *Que t'ai-je fait, Placide, réponds-moi.*

Etais-je fait, Dieu du ciel, réponds-moi,
Pour me trouver dans cette circonstance ?
Je ne voulais que le bien de la France.
De l'enfer quel diable a-t-il pu sortir
Pour déjouer toutes mes espérances ?
Faut-il, hélas ! que le destin m'opprime !
Faut-il rester ou bien faut-il partir ?
Le dur métier d'être Roi légitime !

D'ANGOULÊME (*au Clergé*).

Et vous, nos amis, dont le dévouement m'est connu, priez Dieu pour le succès de nos armes, et lancez vos excommunications sur cette indomptable nation.

LE CLERGÉ.

Ah ! prince, soyez persuadé de notre zèle pour la bonne cause et des soins que nous y portons ; mais permettez-nous de nous sauver ; car, à vous dire vrai, nous n'aimons pas à entendre, encore moins à voir, les canons de cette infidèle nation ; car c'est le diable qui les domine et qui les fait agir. (*A ces mots ils sortent tous en corps avec précipitation.*)

D'ANGOULÊME (*à la Noblesse*).

O vous, mes amis, mes chers compagnons d'armes, je puis du moins compter sur vos bras et sur vos épées, vous dont les ancêtres se sont immortalisés par leurs hauts faits, en

(9)

servant avec fidélité leur souverain exilé, et en le remettant
sur le trône de France.

Air de la Marseillaise.

Allons, enfans de la couronne,
Le jour de paraître est venu,
Défendons l'approche du trône
Que renverse un peuple éperdu.   (*bis*).
Je vais commencer la campagne,
Je ferai quelque coup d'éclat.
Volons, mes amis, au combat.
Que chacun de vous m'accompagne.
Que nos épées servent nos bras.
Aux armes, Vendéens! formez vos bataillons;
    Montrons, montrons,
Avec quel bois se chauffent les Bourbons.

LE ROI (à son fils).

Ah! mon cher fils, illustre Dauphin de France! votre
magnanimité m'enchante et me ravit. Je vous en supplie,
épargnez vos jours précieux. Ecoutez-moi, c'est votre père
qui vous parle.

Air: Il pleut, il pleut, bergere.

Un peu moins de colère,
Mon fils, de la douceur:
Vous gâteriez l'affaire;
Bridez votre valeur:
Faut, avec politesse,
Gagner chefs et soldats,
Afin que la Noblesse
Tombe sur ces goujats.

LA NOBLESSE.

Sire, comment, vous voudriez que nous déshonorions nos
épées en les plongeant dans le vil sang d'un peuple indigne
de nos exploits? Écoutez-nous:

Air: Reveillez-vous, belle endormie.

Voulez-vous nous faire une injure?
Non, Sire, vous n'y pensez pas.
Nous, nous battre avec la roture!
Non, certes, ça ne sera pas.

LE ROI, étonné, tombe en défaillance et s'écrie:

Mon Dieu, ayez pitié de moi, je suis abandonné de ceux
que je croyais mes meilleurs et plus fidèles sujets. Je me
meurs. (*Il tombe évanoui entre les bras du Duc d'Angoulême.*)

MONTBEL (*aux autres Ministres*).

Ah ! mes amis , empressons-nous de donner des secours à Sa Majesté chancelante ; elle en a grand besoin ; elle se meurt.

Air : *Mon père était pot.*

Grand Dieu ! le Roi se trouve mal,
Vite , vite , un clystère.
Hélas ! hélas ! quel jour fatal !
Mon Dieu, que faut-il faire?

D'HAUSSEZ.

Je perds mon emploi,
Quel malheur pour moi !
Vite, l'eau de cologne.

PEYRONNET.

Que vous êtes sot,
Donnez-lui plutôt
Un verre de Bourgogne.   *(bis)*

LE ROI *revenu à lui, s'adresse à ses Ministres* :

Mes amis , grâce à vos soins généreux , je reviens à la vie dans les bras de l'amitié et de mes fidèles sujets ; écoutez-moi :

Air *de la Marseillaise.*

Messieurs, faisons voir à la France
Tout ce que j'ai de fermeté,
Lançons donc vite une ordonnance
Bien digne de ma Majesté.   (*bis*)

PEYRONNET.

Sire , il n'est pas aisé de vous contenter dans cette circonstance. Les affaires sont bien gâtées pour vous, ainsi que pour nous ; nos décrets n'ont plus de force, et le meilleur parti que nous puissions prendre, c'est de nous esquiver s'il est possible , afin d'échapper au glaive de nos ennemis et de la nation.

LE ROI (*à Marmont*).

Maréchal, faites venir mon Etat-Major ici , je veux leur parler pour nous concerter sur ce que nous avons à faire.

MARMONT.

Sire , je vais les appeler. (*Il sort au même instant*).

D'ANGOULÊME.

Ah ! Sire, qu'il me tarde d'exterminer cette vile canaille de mauvais Français qui veulent la Liberté et que nous voulons enchaîner, à l'exemple du Dey d'Alger ; lui qui s'était flatté de nous résister, il a été vaincu par nos armées, sous la conduite du brave Bourmont.

SCENE VII.

On voit entrer l'État-Major en corps.

L'ÉTAT-MAJOR.

Sire, à quelle occasion nous faites-vous appeler ?

LE ROI *donne de l'or à tout l'État-Major.*

Tenez, mes amis, voilà de l'or, afin que vous me serviez fidèlement : je ne saurais en faire un meilleur usage et un plus bel emploi.

L'ÉTAT-MAJOR.

Nous acceptons, Sire, l'argent de la nation, persuadés d'avance que nous le méritons par notre conduite à exécuter vos ordres ; car nos armes ont fait couler le sang comme un fleuve dans les rues de Paris ; il n'a pas tenu à nous que la victoire ne fût pour vous ; cependant nous sommes Français, nous ne vous dissimulons pas que les remords de notre conduite envers un peuple si brave, et que nous avons égorgé, nous déchirent le cœur.

LE ROI.

Mes amis, tentons un dernier effort, écoutez-moi :

Air : *O mon peuple, que vous ai-je donc fait ?*

Que l'on appelle tous nos amis,
Je vais me mettre à leur tête,
Afin de vaincre tous nos ennemis,
Bien sûr d'en faire la défaite.

L'ÉTAT-MAJOR (*à Charles X*).

Air : *Quand Antoinette vit la Tour.*

Un Roi tyran n'a plus d'amis.   (*bis.*)

LE ROI (*étonné*).

Qu'entends-je ! Se pourrait-il ! Vous aussi , vous m'abandonnez ?

L'ÉTAT-MAJOR (*au Roi Charles X*).

Charles , il fallait être prudent , ne pas faire autant d'injustices et de sottises, aimer votre peuple comme vos enfans, et ne point le faire mitrailler impitoyablement. Si vous eussiez voulu régner sagement, il vous aurait été facile, vous le pouviez, à l'exemple de Henri-le-Grand , votre aïeul, dont le nom sera à jamais chéri des Français , lui qui était leur père et qui donnait du pain à ses ennemis, même en les assiégeant dans Paris.

Ces traits ne vous ont point frappé , vous avez ordonné de sang-froid le meurtre et le carnage ; le traître Marmont n'a que trop bien mis en œuvre vos leçons , ainsi que vos indignes Prêtres sanguinaires qui parcourent les rangs , distribuant de l'or et des boissons fortes , afin d'exaspérer la raison du soldat.

> Sire, je vous peindrai le tumulte et les cris ,
> Le sang de tout côté ruisselant dans Paris ,
> Le fils assassiné sur le corps de son père .
> Le frère avec la sœur, la fille avec la mère ,
> Les époux expirans sous leurs toits embrasés ,
> Les enfans au berceau par la foudre écrasés :
> Des fureurs des Bourbons c'est ce qu'on doit attendre ;
> Mais ce que l'avenir aura peine à comprendre,
> C'est que de notre temps un monarque Français
> Ait bien pu commander un aussi noir forfait.

Vous tremblez, ce tableau effrayant vous arrache des larmes, et c'est vous . exécrable tyran, qui l'avez ordonné ; votre vue nous fait horreur ; nous vous abandonnons à votre malheureux sort et aux furies de l'enfer. (*A ces mots l'État-Major se retire en corps.*)

SCÈNE VIII.

Au même instant on voit entrer une estafette.

L'ESTAFETTE (*au Roi*).

Air : *Te bien aimer , ô ma chère Zélie !*

> Les Parisiens arrivent à ma suite,
> Faites, Messieurs, vos paquets, croyez-moi,

Le drapeau tricolore est rentré dans son gîte ;
Bien promptement partez, Sire le Roi.

LE ROI.

C'en est donc fait, il faut que je parte avec toute ma famille.

Air : *Ah ! mon père.*

Quoi ! me faut quitter vite
La France et ses beaux sites ;
Pour moi c'était un paradis,
Grand Dieu, quel sacrifice !

Tous les Ministres, le Roi et toute sa famille sortent ensemble.

Il y a un changement à vue.

DEUXIÈME TABLEAU.

Le théâtre représente une place, plusieurs palais sont au pourtour, on voit une foule d'habitans armés, à la tête desquels se trouvent les Élèves de l'École Polytechnique ; au milieu de ladite place est un tombeau ou trophée décoré de couronnes civiques de chêne, de laurier, de cyprès et d'immortelles, dédiées aux mânes des braves morts martyrs pour la Liberté. L'obélisque qui surmonte le tombeau est couronné par le drapeau tricolore ; le peuple chante autour la Liberté reconquise et s'écrie : *Vive la Charte ! Vive la Liberté ! Haine aux tyrans !*

SCENE I.

On voit paraître le Roi avec toute sa famille, portant chacun une besace sur le dos et un bâton à la main ; ils sont conduits par les Gardes Nationaux de Paris, à la tête desquels se trouve un Représentant du peuple Français.

LE ROI *s'adresse au peuple.*

Air : *O mon peuple ! que vous ai-je donc fait ?*

O mon peuple ! que vous ai-je donc fait ?
J'aimais la vertu, la justice ?
Daignez me tendre quelques bienfaits,
Si vous ne voulez que je périsse.   (*bis*)

LE REPRÉSENTANT DU PEUPLE (*au Roi déchu*).

Charles, les Français, vainqueurs de la tyrannie et de vos astucieux desseins, n'imiteront jamais votre exemple barbare ; ils vous accordent, au pied même de ce monument de votre inhumanité et de leur gloire, quatre millions de

rente par année , pour l'entretien de votre famille et de
votre maison. Telle est la noble vengeance que la grande
nation tire de vous ; trop heureuse encore , en vous exilant
de son sein , d'être débarrassée d'un tyran parjure à la Charte
et à ses sermens.

UN ÉLÈVE DE L'ÉCOLE POLYTECHNIQUE (*au peuple*).

Air : *Dis-moi, soldat , dis-moi , t'en souviens-tu ?*

> Le ciel', quinze ans déshéritant la gloire,
> Au sein des fers a plongé nos enfans ;
> L'heure a sonné, l'heure de la victoire !
> La France enfin a chassé ses tyrans.
> Qu'un nom chéri vienne embellir nos fêtes,
> D'un vain espoir le cœur n'est plus flatté ;
> Nous avons tous vu briller sur nos têtes (*bis*)
> Le drapeau de la Liberté.

Tous les Élèves et le peuple s'écrient en corps :

> Vive la Charte !
> Vive la Liberté !

LE ROI (*au Représentant du peuple , en pleurant*).

C'est maintenant que je reconnais tous mes torts envers
une nation grande et généreuse ! S'il était possible que vous
me pardonniez mes fautes et mes sottises , je vous promets
de respecter à l'avenir le peuple Français et cette tendre et
bonne *Lutèce* , comme une mère chérie ; d'aimer ses enfans
comme les miens propres , enfin de faire mention honorable
à la patrie , en renonçant à jamais au jésuitisme et à la su-
perstition.

LE REPRÉSENTANT DU PEUPLE (*au Roi déchu*).

Charles, il n'est plus temps, le mal est trop grand, vous
l'avez porté à son comble. Comment oseriez-vous rentrer
dans une cité où les pavés des rues sont encore teints du
sang Français, de vos enfans que vous avez fait égorger en
les faisant mitrailler aussi cruellement, et changeant les eaux
de la Seine en un fleuve de sang ? La voix du monde entier
vous déclare le plus grand coupable qui ait jamais paru sur
la terre. Ce n'est pas sur des peuples barbares, c'est sur des
Français que vous avez versé tant de maux ; c'est dans un
siècle de lumières que vous avez voulu régner par le glaive
d'Attila et les maximes de Néron. Vous quittez enfin ce scep-
tre de fer et ces monceaux de ruines de l'espèce humaine de
vos enfans, puisqu'ils sont Français, et dont vous aviez fait un
trône. Nous vous chassons comme vous avez fait de Napo-

léon. Allez, puissiez-vous dans votre exil, pour seul châtiment de tous vos crimes, apprendre la joie que votre chute cause à la France. Que ne puissiez-vous contempler avec des larmes de rage le spectacle de la félicité publique : grande et terrible leçon pour les rois tyrans !

SCENE II.

Au même instant on voit paraître le Duc d'Orléans, appuyé sur la France, tenant dans ses mains la Charte, et de l'autre côté s'appuyant sur la Liberté qui tient le drapeau tricolore à la main.

LE DUC D'ORLÉANS *s'adresse au peuple.*

Oui, mes enfans, je jure, au pied de ce tombeau des braves martyrs pour la Liberté, de maintenir la Charte, de défendre vos droits et la Liberté jusqu'à mon dernier soupir : tels sont les vœux de mon cœur !

Air *du réveil du peuple.*
Guerre à tous les agens du crime !
Poursuivons-les jusqu'au trépas,
Partagez l'horreur qui m'anime,
Ils ne nous échapperont pas.

LE PEUPLE *s'écrie en corps* :

Vive le Duc d'Orléans !
Vivent ses enfans !

LE ROI *déchu s'adresse à sa famille et au peuple.*

Il faut donc enfin que nous partions ?

LE PEUPLE *s'écrie en corps* :

Oui, oui, nous avons trouvé parmi nous un Roi citoyen qui vaudra mieux que vous, et que nous chérissons tous comme un père. (*A ces mots l'ex-Roi part avec toute sa famille en pleurant comme un veau, et s'appuyant sur le duc d'Angoulême, la duchesse d'Angoulême, et sa belle-fille qui conduit ses enfans par la main.*)

LE PEUPLE (*au Roi qui part*).

Air : *Bon voyage, cher Dumolet.*
Bon voyage, Messieurs Bourbons,
Aux Antipodes arrivez sans naufrage ;
Bon voyage, Messieurs Bourbons,
Cédez votre place à la nation.
Si vous eussiez été plus sage
La chose auroit tourné d'autre façon ;
Car bien loin de plier bagage,
Vous resteriez à la maison.
Bon voyage.   (*bis*)

Le Duc d'Orléans *est reconduit à son palais par la France et la Liberté ; il fait le tour du théâtre au milieu d'un peuple nombreux, des Élèves de l'École Polytechnique et de la Garde Nationale, aux cris répétés de vive le Duc d'Orléans, et aux acclamations de joie, ainsi que d'une musique guerrière.*

LA LIBERTÉ RECONQUISE.

Air : *T'en souviens-tu.*

Ils sont tombés les tyrans de la France,
Et sur nos murs flottent nos vieux drapeaux !
Nos ennemis rougissent en silence,
La liberté sourit à nos héros.
Serrons nos rangs, marchons pour la patrie,
Sachons mourir en courageux soldats !
O liberté, plus chère que la vie,   *bis.*
Tu peux compter sur nos cœurs et nos bras !

Fiers ennemis de notre indépendance,
Oseriez-vous nous redonner des fers ;
Mais la valeur des enfans de la France
Doit en ce jour étonner l'univers.
Ah ! si jamais cette France asservie
Nous rappelait au milieu des combats,
O liberté, plus chère que la vie,   *bis.*
Tu peux compter sur nos cœurs et nos bras !

Loin des martyrs que l'univers honore,
De ces héros par votre ordre abattus,
Partez, tyrans, le drapeau tricolore
Rappellerait à vos yeux leurs vertus.
Allez au loin, conduits par l'infamie,
Courber vos fronts sous vos noirs attentats.
O liberté, plus chère que la vie,   *bis.*
Tu peux compter sur nos cœurs et nos bras !

Je vous salue, habitans de Lutèce,
Qui nous rendez nos nobles étendards ;
A la valeur vous joignez la sagesse,
Enfans chéris de Minerve et de Mars !
A vos exploits nous portons tous envie,
Au bruit des fers vous fûtes tous soldats.
O liberté, plus chère que la vie,   *bis.*
Tu peux compter sur nos cœurs et nos bras !

Et vous héros, vous amis de la gloire,
Morts sous le fer d'un stupide tyran,
La liberté, fille de la victoire,
Au Panthéon vous place au premier rang !
Là, consultant votre cendre chérie,
Et méditant votre noble trépas,
Nous apprendrons à servir la patrie,   *bis.*
Vos noms sacrés sauront guider nos pas.

FIN.

www.ingramcontent.com/pod-product-compliance
Lightning Source LLC
LaVergne TN
LVHW020106070726

842525LV00018B/2286